L'AMOUR TRANSMIS.

NOUVELLE

Par Octave Féré.

1861

I

Après le Bal.

Le carnaval de 1843 était à son apogée ; comme tant d'autres gloires, il allait s'éteindre après avoir jeté son plus brillant éclat. L'Opéra donnait son dernier bal masqué ; on dansait depuis deux heures sur le mercredi des Cendres.

Comme pour narguer l'échéance de ce

jour de deuil, la foule avait pris ses allures les plus bruyantes; l'orchestre lançait ses appels les plus entraînants. Du parquet jusqu'au faîte, c'était un tourbillon, une vibration de clameurs volcaniques. Musard enlevé de son siége à la fin d'un de ces galops héroïques qu'il a intronisés dans nos bals publics, avait été porté en triomphe sur les épaules de la foule enthousiaste, au milieu d'un tonnerre de bravos et de vivats.

Après cette expédition, les danseurs éprouvaient le besoin de prendre un peu de repos et quelques verres de punch. Un certain nombre même, n'attendant pas l'heure sacramentelle et néfaste où les bougies s'éteignent pour annoncer la clôture forcée de la bacchanale, se disputaient les voitures stationnées près du péristyle et se dirigeaient les uns vers leurs demeures, les autres vers des logis hospitaliers et chéris, la plupart vers les restaurants du boulevard.

Un groupe composé de quatre hommes et de trois femmes, descendit de deux équipages devant la Maison-d'Or. Ils n'eûrent qu'un mot à dire ; un garçon les conduisit, avec une déférence qui témoignait suffisamment du crédit dont ils jouissaient dans l'établissement, à un petit salon préparé pour eux.

— J'ai mis huit couverts, dit-il ; — faut-il que j'en enlève un ?

— Cela est bien, répondit un des jeunes

gens ; — nous nous arrangerons ; occupez-vous seulement de nous servir.

— Et promptement ! ajouta d'un petit ton charmant de commandement un débardeur rose, tout couvert de velours et de satin.

Le garçon s'inclina pour sortir.

— Un moment ! reprit le débardeur en désignant dédaigneusement du doigt les verres à vin de diverses formes étagés devant chaque couvert, — qu'est-ce que ceci ? Est-ce vous qui avez rompu nos conventions, Armand ?

Un pierrot, à la veste de taffetas galonnée d'argent fin, fit un geste négatif.

— Enlevez toute cette verrerie, dit le débardeur, cela gêne les mouvements et peut donner de mauvaises tentations ; laissez seulement les coupes, et surtout, servez bien frappé.

Le garçon obéit, tandis que le débardeur se laissait aller sur un divan, en ôtant son loup.

— Ouf ! dit-il, ou dit-elle, car le sexe du débardeur a toujours jeté les physiologistes et les grammairiens dans un profond embarras.

Cependant si le lecteur y consent, et il y consentira, nous n'en doutons pas, nous emploierons le féminin, ce qui nous permettra de lui faire faire connaissance avec le plus piquant minois qui eût, à coup sûr, figuré cette nuit-là au bal, si tant est qu'on puisse s'exprimer ainsi, son loup n'ayant pas cessé un instant de dérober à l'indiscrétion des profanes une partie de ses traits.

C'était une ravissante physionomie, avenante et provoquante, avec une paire de ces grands yeux noirs, dont l'éclat perfide se voile par instants sous de longs cils ; avec des dents fines et blanches, des lèvres vermeilles, souriant toujours ; d'épais cheveux de jais se prêtant à toutes les coquetteries.

Elle avait des allures de bayadère. Son costume était taillé tout exprès pour faire ressortir la cheville mince et déliée d'un pied qui eût tenu dans une coquille de noix. Dans la posture négligente qu'elle avait prise, chacun de ses mouvements, onduleux comme ceux d'un gracieux serpent, mettait en relief les avantages de sa taille; les hanches arrondies, un corsage de guêpe, des épaules de nymphe, blanches à rendre jalouses les perles les plus pures; des bras ronds avec des fossettes aux coudes, et des mains petites et potelées, avec des ongles roses.

Elle avait cet âge heureux où les amours faciles offrent des enivrements qui ne laissent de loisirs ni pour se souvenir du passé, ni pour réfléchir au présent, ni pour songer à l'avenir.

Les six autres convives n'étaient ni moins jeunes, ni moins élégants.

Les deux jeunes femmes, ravissantes aussi, reines du bal comme leur compagne, ne lui cédaient ni en luxe ni en coquetterie.

Quant aux jeunes gens, ils appartenaient, ainsi qu'il est aisé de le voir, à la fashion; c'étaient des membres de cette jeunesse dorée qui n'existe qu'à Paris, et qui, au milieu de ses vices même, se montre si charmante et si insouciante, qu'on serait parfois tenté de l'excuser.

Je ferai pourtant une exception : l'un d'eux, celui qui était venu seul, portait sur son visage quelque chose de plus grave; sa joie n'était pas moins franche, mais plus douce, moins bruyante; sa gaieté était tempérée par des moments de méditation, et comme ce n'était pas en cette circonstance seulement, mais dans les habitudes de sa vie, qu'il se distinguait par un cachet de réflexion, qui l'avait constamment mis en garde contre les entraînements exagérés auxquels cédaient trop facilement ses amis, on l'avait surnommé le Philosophe. Ce surnom donné en riant, était fort volontiers accepté par lui.

Cependant, tout le monde avait imité le débardeur, les masques avaient volé au loin; les manteaux, les fourrures, amoncelés sans façon dans un coin du salon, formaient une montagne d'où s'exhalaient les parfums les plus prestigieux.

Les jeunes femmes, aux épaules nues, les jeunes gens en costume pittoresque et galant, formaient une de ces réunions qu'on ne voit plus, de nos jours, qu'au théâtre, ou dans les tableaux de Gavarni.

Une circonstance que nul ne remarquait plus, pour l'avoir trop remarquée, c'était la ressemblance singulière qui existait entre les traits du pierrot, qui était l'amphytrion de la joyeuse assemblée, et ceux du philosophe, auquel nous rendrons son véritable nom d'Arthur.

C'était la même coupe de visage, la même couleur de cheveux, la même taille de la barbe surtout. Il n'y avait de différence que dans les détails des traits examinés de près, et dans le regard ; celui du premier était aussi insouciant que l'autre était réfléchi.

Armand n'avait d'autre mérite et d'autre

existence que sa fortune, qu'il dépensait avec des vierges folles, tandis qu'Arthur, artiste dans l'âme, était tout à la fois peintre et poète.

— A table ! mesdames ! cria l'amphytrion.

Et soudain chacun d'obéir ; mais l'odalisque ne se dérangea pas de son sofa :

— Fi donc ! dit-elle avec une petite moue adorable, — vous nous faites asseoir, il n'y a rien sur votre couvert !

Mais la porte s'ouvrit comme pour lui répondre, et tout aussitôt un souper exquis vint donner tort à la boudeuse.

Elle se souleva alors, en s'étirant avec des poses de chatte angora, et examinant comme chacun s'était placé :

— Quoi ! s'écria-t-elle, — mon pauvre Arthur, vous voici à côté de la chaise vide, qui devrait servir à votre maîtresse ! Une nuit de bal, vous avez l'air d'être en deuil ! Ni Caroline, ni Georgette, n'ont eu compassion de vous ; ces messieurs sont fort aimables, sans doute, mais la leçon est dure ; convenez-en, il en coûte parfois de professer la philosophie, le mardi-gras. Un joli cavalier comme vous placé entre deux hommes et une chaise vide ! Ah ! mesdemoiselles, je ne vous reconnais pas !

— Tiens ! que veux-tu que nous fassions, où faut-il nous mettre ? Puisque c'est un sauvage ! dit la blonde Caroline.

— Vous êtes sauvage, hein? fit Angèle d'une voix séraphique comme son nom.

Il l'attira à lui par la taille, et réunissant ses deux petites mains dans les siennes :

— Voilà ma réponse! dit-il, et il y déposa un chaleureux baiser.

— Bravo! cria-t-on.

— Alors! dit Angèle en s'asseyant de manière à se trouver entre lui et le pierrot, qui avait sur elle le droit de suzeraineté, — je m'installe ici, quoiqu'il soit immoral de se mettre près de son époux. Vous bénificierez de cela, cher! dit-elle en pinçant légèrement celui-ci.

Puis, s'approchant de son oreille, elle ajouta, de façon que le bruit des couverts, qui commençaient à s'agiter, ne permît à personne de l'entendre :

— Je suis contente de toi ! Le cœur n'a pas faibli !

Partageant dès lors son attention entre son amant et son voisin, elle fit les honneurs de la *medianoche* avec une grâce parfaite.

On arriva au dessert au milieu d'un feu d'artifice de rires et de folies.

Cependant, à mesure que la tête des convives se ressentait des pétillements du champagne, il se produisait dans le cerveau de l'amphytrion un effet tout contraire. Sa gaieté devenait moins expansive ; son rire était contraint ; il passait sur son visage des frissons : il avait beau boire, le vin, loin de lui rendre ses couleurs naturelles, qui allaient s'éteignant sous le fard qu'il avait mis pour compléter son costume, faisait pâlir jusqu'à ses lèvres. Un cercle brun commençait à cerner ses yeux.

Un seul des assistants, c'était Arthur, avait conservé assez de sang-froid pour faire cette remarque; dès lors, il cessa lui-même de boire, suivant cette métamorphose avec une anxiété qu'il dissimulait habilement, et que ses habitudes contribuaient à rendre insaisissable.

Prenant le bras de sa voisine, dont la chevelure vint effleurer son visage :

— Angèle, lui dit-il, êtes-vous en état

d'entendre un mot sérieux que j'ai à vous dire ?

Elle appuya sur son épaule son coude nu, et, passant négligemment sa main dans ses cheveux, de façon à lui causer des vertiges, s'il eût été moins gravement préoccupé, elle lui adressa un de ses sourires les plus délicieux et les plus agaçants.

— Certes, cher, je vous écoute. Allons, vous voulez me parler d'amour, n'est-ce pas ?

— Non, chère enfant ; d'autre chose.

— Alors vous n'avez pas la parole.

— De grâce !... insista-t-il.

— Quoi ! vous ne m'aimez pas ! moi qui suis si gentille pour vous ! Mesdemoiselles ! fit-elle en élevant la voix, admirez monsieur mon voisin ! Je me morfonds à lui faire des mamours comme toute maîtresse de maison bien élevée, et l'impitoyable me déclare qu'il me déteste !

— Pas possible !

— Jugez-en, il veut me parler raison !

Un hurra salua ce réquisitoire. Les verres se choquèrent bruyamment, et l'une de ces dames entonna un refrain fort en vogue, auquel chacun fit chorus.

— Je demande la parole ! cria Angèle, quand le calme fut un peu rétabli.

— Accordé ! répondit-on.

— Je propose un toast à Armand ! Il s'est comporté en héros !

— A Armand ! répéta chacun.

— Merci ! merci ! dit le pierrot, dont

un reste de la fleur de riz primitivement appliquée sur son visage dissimulait encore la pâleur.

Un de ses amis lui tendit la main, et, la lui pressant avec une cordialité que le champagne avivait singulièrement :

— Je suis fier de toi, cher ! tu sortiras vainqueur de cette méchante querelle ! j'en suis sûr.

— Pardieu ! et moi !

— Et moi ! et moi ! fit-on en chœur.

— Ah çà ! dit une des jeunes femmes, qui commençait à reposer sa tête appesantie par la fatigue sur l'épaule d'un de ses voisins, je n'ai pas bien compris cette histoire, moi ! C'est donc pour de vrai ? vous vous battez ce matin Armand ?

— Oui, ma tigresse! répondit le voisin sur lequel elle s'appuyait de plus en plus; il se bat! il se battra comme un lion!

— Contre qui?

— Contre un rustre!

— Pourquoi?

— Parce qu'on l'a grossièrement insulté!

— Tu ne comprends donc rien, à rien? interrompit Angèle, s'adressant à son amie.

— Tout cela m'embrouille; moi, je n'ai pas entendu ce qui s'est passé. Je croyais qu'il s'agissait d'une plaisanterie.

— Une plaisanterie! — Angèle embrassa son amant avec un redoublement de passion. — A peine étions nous depuis une demi-heure dans le bal, continua-t-elle, qu'un domino noir s'est approché de nous et, faisant signe aux masques qui circulaient aux alentours de s'approcher, il s'est posté en face d'Armand et...

— Et il m'a appelé : lâche ! dit le jeune homme les dents serrées et brisant son verre sur la table.

— Ajoute, dit son vis-à-vis, que tu t'es bien comporté. — Il voulait t'arracher ton masque, et tu lui as répondu avec un accent que je n'oublierai jamais : « C'est inutile, monsieur ; je vous prouverai que vous vous êtes trompé. Votre nom, votre heure ? »

— Et voilà, reprit le quatrième convive, pourquoi Edouard et moi sommes tes témoins dans deux heures, à supposer que ce monsieur pousse l'affaire jusqu'au bout.

— Mais quel est son nom, au moins? demanda Georgette ; il a dû vous le laisser.

— Oui, j'ai là sa carte.

Armand porta la main à la poche du gilet placé sous sa veste blanche ; mais, au lieu de tirer une carte, ce fut une lettre qu'il atteignit,

— Bon ! dit-il en affectant encore ce sourire qu'il avait conservé à force d'amour-propre, voilà une lettre qu'on m'a remise au moment où je partais pour l'Opéra, et que j'ai oublié de lire.

— Donne ! lui dit Angèle en la lui enlevant.

Mais elle n'y eut pas plutôt jeté les

yeux, qu'elle se renversa sur sa chaise en poussant un grand cri.

Arthur s'empressa de la soutenir, sans perdre de vue son ami.

Celui-ci arracha le papier de la main crispée de sa maîtresse, et l'ayant parcouru à son tour :

— Maudit, s'écria-t-il, je suis maudit !...

II

Les folles amours.

Voici ce qu'Armand avait lu dans le billet oublié au milieu de la préoccupation du bal :

« Monsieur,

« Vous avez tué ma sœur ; je vous tuerai. »

Soudain, dans cette réunion, tout à l'heure si folle, la stupeur succéda aux éclats joyeux :

Angèle, rouvrant les yeux, voulut se jeter au cou de son amant ; mais celui-ci, la repoussant avec une sorte d'horreur :

— Arrière ! arrière ! lui criait-il, comme s'il se fût senti menacé de l'étreinte d'un reptile. C'est vous qui avez tout fait !

— Ingrat !

Il ne répondit à ce reproche que par un sourire amer et dédaigneux

— Mais qu'ai-je donc commis ! s'écria-t-elle toute en pleurs.

— Vous voulez le savoir ? Eh ! bien je vais vous le dire. Femme sans cœur, démon aux sourires d'ange ! mauvais génie de ma vie ! écoutez ! Ecoutez aussi, vous, vous tous ! et que mon exemple vous profite !

« J'ai cru, une fois engagé dans cette vie d'insouciance coupable, de passions et de vices que nous menons, pouvoir m'en tirer. Il me semblait que je restais assez maître de moi pour rompre, à l'heure où j'en serais repu, avec ces joies, ces enivrements, ces délires ! j'étais fou ! J'avais revêtu la tunique de la fable, la tunique qui brûle, qui dévore, qui étouffe, mais qui ne s'enlève jamais !

« Il arriva, il y a quelques mois, que, fatigué de l'amour intéressé de cette femme, désillusionné sur sa tendresse, qui se mesurait à ma générosité; détrompé sur sa fidélité prise en défaut, je voulus en finir et mettre à exécution mes belles résolutions d'autrefois.

« Je rompis, vous vous le rappelez; mais ce que je vous ai laissé ignorer, c'est que, pendant ce temps, pour me garantir moi-même contre une rechute, je me fis tendre, assidu près d'une jeune fille candide, adorable et belle; c'est que j'obtins d'en être aimé. Je demandai sa main, et je venais de l'obtenir, lorsque, hazard, faiblesse, fatalité, je cédai aux obsessions de madame, je consentis à la recevoir une fois.

« J'étais bien résolu à ce que ce fût la dernière; mais, hélas! en la retrouvant plus charmante que jamais, car vous avez, séduisantes sirènes, d'irrésistibles pièges, mes serments envers moi-même, mes engagements avec un ange, j'oubliai tout.

« J'eus peur, en me sentant si mal guéri, de compromettre le bonheur de la sainte enfant qui allait s'enchaîner à moi ; je me sentis indigne de ce bonheur ; ou plutôt, je serai franc, je retournai à l'amour désordonné, insensé, que je n'avais abandonné que par dépit ; je renonçai à celle dont je ne dois pas même prononcer le nom en ce moment, et qui a payé de sa vie le malheur de m'avoir connu !

« Allons, messieurs, dit-il plus froidement, sans prendre garde aux supplications de sa maîtresse, qui se tordait en sanglotant à ses pieds, nous n'avons que le temps d'aller chez nous prendre des habits plus décents, et de nous diriger vers le rendez-vous.

« Tenez, je vous l'avouerai, pendant ce repas, j'ai eu un moment d'appréhension; une vague terreur est venue me glacer le cœur et faire mentir ma gaieté; mais, à présent je vois la chance de la mort sans crainte, je l'attends, je l'espère. »

Puis, s'approchant d'Arthur, qui n'était pas du nombre de ses témoins, et lui serrant affectueusement la main :

— Tu vaux mieux que nous ! lui dit-il. Continue, ami.

« Mais, ajouta-t-il avec un sourire

triste à fendre le cœur, nous te laissons la garde de ces dames ; veille à ton tour ; mets-les en voiture, ou reconduis-les à leur porte ; tu es philosophe ; on peut te confier ce soin sans inconvénient.

— Espoir, mon ami ! Nous nous reverrons ! dit Arthur en lui rendant son étreinte.

— Au ciel, peut-être ; ici-bas, je ne crois pas ; répondit Armand, en secouant la tête.

Et, sans ajouter un mot, il s'éloigna, accompagné de ses parrains.

Arthur se mit en devoir de remplir la tâche qui lui revenait dans cette partie si joyeusement commencée, si tristement terminée.

Il fit monter Georgette, Caroline et Angèle dans une voiture où tous quatre se pressèrent, échangeant à peine quelques mots; car, malgré le sang-froid d'Armand, son adresse vantée à la salle d'armes et au tir, chacun comprenait qu'il ne s'agissait pas là d'une rencontre ordinaire, et qu'il allait avoir à faire à un adversaire acharné, impitoyable, qui ne s'arrêterait que mort ou meurtrier.

Angèle, surtout, faisait peine à voir. Ses fraîches couleurs avaient disparu sous une pâleur livide; ses yeux égarés, rougis, ses lèvres contractées, ses cheveux en désordre, rendaient méconnaissable celle qui, tout à l'heure, faisait l'orgueil et la joie de la réunion de toutes ces amours, de toute cette jeunesse, qui semblait l'incarnation de ces jours de plaisir désordonné, dont elle reproduisait les emportements et jusqu'aux excès.

Arthur déposa successivement chez elles Georgette et Caroline, puis, remonté près d'Angèle :

— Où vous conduirai-je? lui demanda-t-il.

Il semblait qu'elle fût restée étrangère à tout ce qui venait de se passer. Affaissée dans un coin, sous sa pelisse et ses fourrures, elle avait perdu le sentiment de la réalité. La voix de son cavalier le lui rendit :

— Arthur, implora-t-elle, ne me quittez pas !

Sa douleur était si poignante qu'il en fût ému ; il essaya de lui donner un espoir qu'il ne conservait pas lui-même :

— Consolez-vous, pauvre fille, lui dit-il, rien n'est perdu : Armand s'est battu déjà deux fois ; pourquoi serait-il moins heureux aujourd'hui ?

— Ah ! je lui ai porté malheur !

Cependant, le cocher, qui grelottait sur son siége, descendit, et ouvrant la portière :

— Nous ne pouvons rester là, mon prince, c'est un passage fréquenté ; où faut-il vous conduire ?

Angèle croisa ses mains devant Arthur :

— Menez-moi chez lui, je vous en conjure !

— Rue Laffitte, n° 15, cria-t-il au cocher.

C'était l'adresse d'Armand.

— Merci ! dit Angèle.

L'automédon reprit sa course ; on était sur les hauteurs du quartier Saint-Georges, le but fut bien vite atteint.

— Vous montez avec moi, n'est-ce pas ? demanda la pauvre fille à son compagnon.

Il ne lui répondit rien, mais, après avoir payé la voiture, il lui prit le bras et la soutint jusqu'à l'appartement de son ami.

Cependant, lorsqu'ils y furent arrivés, elle se mit à trembler.

— S'il me trouve ici, que va-t-il dire ? après ce qui s'est passé, après sa colère, sa malédiction ! Oh ! n'importe ! il m'accablera, il me broiera s'il le veut, mais je serai la première à le recevoir ; quand je l'aurai revu, quand je serai sûre que mes pressentiments étaient vains, eh bien ! je serai heureuse, quoi qu'il fasse de moi, qu'il me pardonne ou qu'il me chasse !

— Chère fille, dit Arthur avec bonté, vous l'aimez donc réellement ?

— Si je l'aime ? plus que vous ne pouvez l'imaginer ! Oh ! je le sais bien, j'ai été légère, inconstante ; je lui ai souvent causé des chagrins, mais je ne l'aimais pas moins pour cela, croyez-le !

« Si vous nous connaissiez mieux, cher Arthur, ce que je ne vous souhaite pas, hélas ! vous comprendriez ces entraînements de notre imagination, où le cœur n'est pour rien. Dans cette existence, dans ce tourbillon où nous sommes entraînées sans avoir le temps de nous reconnaître, nous valons souvent plus que les dehors frivoles, coupables que nous laissons voir. Et aujourd'hui, je sens d'autant mieux combien je tenais à Armand, que je suis menacée de le perdre, et que s'il lui arrive malheur, c'est moi seule qui en serai cause !

La fièvre, le délire, l'exaltation avaient remplacé son abattement ; le jeune homme fut effrayé du feu sombre que lançaient ses regards, des teintes pourpres qui enflammaient ses pommettes. Il lui prit la main ; la paume en était brûlante :

— Angèle ! calmez-vous, parlez moins, essayez de vous reposer sur ce fauteuil. Nous ne tarderons pas à avoir des nouvelles.

Elle le regardait avec une fixité obstinée.

— Comme vous lui ressemblez ! deux frères ne seraient pas plus pareils ! Ne détournez pas vos yeux ! quand je vous vois, il me semble, par instants, que c'est lui qui est ici, ma terreur se dissipe. Vain espoir ! Hélas ! reviendra-t-il ?

« C'est ce que vous ne savez pas, il ne vous a pas tout dit, tantôt ! Il n'a que trop raison, mon Dieu ! c'est moi qui ai tout conduit ! J'avais appris qu'il allait se marier, pour se détacher à jamais de mes liens ! Alors, je mis tout en usage ;

je jurai de faire rompre cette alliance; je parvins à reprendre sur lui un nouvel empire ; je l'empêchai de revoir sa fiancée ; j'inventai mille ruses, mille prétextes, mille perfidies, mille mensonges ; j'arrêtai les lettres du frère de cette infortunée, je supposai des réponses ; enfin, menant à bout cette ruse maudite, je décidai une rupture.

« Hélas ! je croyais n'avoir fait que reconquérir mon amant, j'étais deux fois meurtrière, car il ne reviendra pas ! Vous voyez bien qu'il ne revient pas !...

— Vous êtes coupable, Angèle, dit gravement Arthur, je ne sais si vos remords pourront expier jamais ce que vous avez commis.

— Je suis infâme ! infâme ! répéta-t-elle en s'arrachant les cheveux.

Nature soudaine, organisation nerveuse, féline comme ses semblables, elle éprouvait tout d'un coup le paroxisme des passions, sans s'arrêter jamais aux termes modérés. Elle ne s'était fait aucun scrupule de tromper souvent son amant, mais elle était de bonne foi en protestant qu'elle ne l'en aimait pas moins, et maintenant elle était sincère encore dans les emportements de son désespoir qui l'eût entraînée, si l'occasion se fût offerte, aux dernières extrémités. Vivant dans un monde où la passion est dans le sang, dans les habitudes, elle ne faisait et ne comprenait rien à demi. S'il n'eût fallu que sa vie pour sauver celle d'Armand, elle se fût tuée sans hésiter.

Hélas ! ces pauvres filles sont ainsi faites : prodiguant volontiers leurs jours pour ceux-mêmes qu'elles ont trahis, et prenant pour de l'amour les égarements criminels de leur cœur.

Tout à coup, Arthur se leva dans un trouble impossible à décrire. Il entr'ouvrit la porte de l'antichambre.

Des pas lourds et mesurés montaient l'escalier.

Angèle enfonça son mouchoir dans sa bouche, pour qu'on n'entendît pas le bruit de ses sanglots.

Les deux témoins d'Armand entrèrent pâles et défaits. Ils serrèrent silencieusement la main d'Arthur, et, ayant aperçu Angèle, qui se précipita à genoux devant eux, ils lui jetèrent, d'un accent lugubre, sinistre, ces seuls mots :

— Voilà votre œuvre !

Deux hommes marchaient derrière eux, portant un corps enveloppé d'un manteau, qui laissait suinter sur le tapis des gouttes de sang ; ils le déposèrent sur le lit encore défait qu'il avait quitté pour aller à ce funeste bal.

C'était un spectacle lugubre que ce cortége, dans cet appartement à l'atmosphère parfumée d'essences, où chaque objet annonçait la jeunesse et la vie ; le balancier des pendules, les aiguilles de la montre, les vêtements et le linge jetés négligemment sur les meubles, pour prendre ceux du bal; ceux-ci qu'il était venu quitter ensuite; les restes du fard, les rubans, les colifichets qui avaient servi à ses travestissements, et au fond, dans l'alcôve aux rideaux de mousseline et de soie, le cadavre de celui qui avait animé tout cela !

Les hommes qui l'avaient apporté se retirèrent.

Nul n'osait rompre le silence.

A quoi bon ! que se seraient-ils dit? Ce corps inerte ne remplaçait-il pas toutes les explications ?

Angèle se leva lentement du parquet, où elle était restée agenouillée. Elle marcha droite comme un automate mu par un ressort mécanique jusqu'à l'alcôve, et ayant écarté d'une main le manteau qui recouvrait le visage de son ancien amant, elle posa l'autre sur son cœur :

— Mort! dit-elle avec un accent amer; il est mort!

Alors une sueur froide perla sur son visage; ses yeux se fermèrent.

On l'emporta chez elle roide et glacé.

Le lendemain, on enterra Armand.

Il fallut huit jours pour que les médecins répondissent de la raison et de la santé d'Angèle.

Elle fut six mois sans remettre les pieds à l'Opéra.

Un soir elle y parut, accompagnée d'un attaché de l'ambassade anglaise; ce soir-là Arthur monta en chaise de poste et prit la route de Dieppe.

III.

La chasse aux voisins.

Au moment où la vierge folle acceptait la consolation et les guinées de l'enfant d'Albion, Arthur héritait d'un vieux parent, qui lui léguait, entre autres avantages, une propriété magnifique en Normandie.

Moins léger que les autres amis et que

la maîtresse de l'infortuné Armand, il avait ressenti d'une façon plus durable les événements de la matinée du mercredi des Cendres. Il en était devenu plus grave encore, et en avait conçu plus d'éloignement pour la vie de désordre et pour les amours qui entraînaient de telles conséquences.

Ces plaisirs lui semblaient un passe-temps funeste ; il aurait rougi qu'on pût le soupçonner de soupirer plus de quinze jours pour une femme, il s'ennuyait au jeu, fuyait le bal, trempait démesurément son vin, et parlait à son domestique avec une douceur inaltérable.

Il saisit l'occasion qui se présentait de quitter Paris seul, sans bruit, sans compagnie importune.

L'habitation de son oncle était située entre Dieppe et Varengeville, à deux lieues de la mer. C'était une délicieuse villa, dans laquelle il eut un bonheur infini à s'installer.

Il n'avait oublié ni ses livres ni ses pinceaux. Une pièce du premier étage, d'où l'on découvrait un panorama splendide, fut choisie pour son atelier. Une des fenêtres latérales donnait en même temps sur la propriété voisine. C'était aussi une maison aux allures de château campagnard. Le parc habilement dessiné, était entretenu avec un soin extrême.

Tout entier à ses travaux favoris, se plongeant avec une sorte d'ivresse égoïste dans le recueillement de sa solitude, il ne fit cette remarque que très-légèrement, par pur hasard.

Depuis trois semaines, il s'occupait donc beaucoup de ses travaux d'art, fort peu de ses biens, lorsqu'un jour, après dîner, il s'appuya au balcon de son atelier, lançant au ciel les bouffées d'un excellent havane, en rêvant au bonheur de sa vie, si indépendante du côté des désirs du cœur. En admirant les clartés du soleil couchant, il se laissait emporter par ces songeries sans suite et sans fin, qui charment les âmes en parfait équilibre, au milieu des passions tumultueuses de la foule.

Le bruit d'un pas léger troubla le silence qui régnait autour de lui. Une femme passait dans l'allée sur laquelle il dominait.

Elle marchait lentement, les regards fixés à terre. Sa robe blanche dessinait, mais sans décéler la moindre prétention, une taille que l'artiste jugea ravissante. Un large chapeau de paille dérobait à notre observateur un visage que devaient admirablement orner des cheveux noirs, que la coiffure ne pouvait tous contenir, et qui s'échappaient en boucles luxuriantes.

Arthur la suivit des yeux, jusqu'au détour de l'allée, puis il attendit quelque temps ; elle ne revint pas.

Pour la première fois, il s'informa de ce que pouvaient être ses voisins. Julien, son domestique, lui apprit que M. Duval possédait cette propriété depuis longtemps, mais qu'il était venu s'y installer seulement depuis six ou sept mois. Il paraissait jouir d'une grande fortune, quoiqu'il ne vînt jamais d'étrangers chez lui. Ses gens étaient d'une discrétion sans exemple sur son intérieur et ses habitudes.

Il fallait, pour le moment, se contenter de ces renseignements.

Chaque soir, vers la même heure, l'artiste vit passer l'inconnue, au bras d'un homme déjà avancé en âge, à la démarche lente et grave.

Stimulé dans sa curiosité, il voulut user de tous les moyens pour connaître l'étrangère, intéressant son amour-propre à une découverte dont la singularité était au moins fort douteuse.

Préoccupé de cette recherche, il négligea ses pinceaux, et se rappela, en souriant, que ses amis lui avaient prédit que ce serait là, pour lui, le premier symptôme de l'amour, dont il prétendait fièrement n'avoir jamais à combattre ni l'influence ni les faiblesses.

En cherchant à qui il pourrait s'adresser, il fit cette réflexion : Le curé doit connaître tous ses paroissiens, il a accès dans toutes les familles, faisons-lui une visite de nouveau venu, interrogeons-le.

Il passa aussitôt du projet à l'exécution, et se revêtant d'une toilette plus convenable que celle de son atelier qu'il n'avait pas quittée depuis son arrivée, il prit le chemin du presbytère.

Le digne prêtre fut bien un peu étonné, mais il reçut ce nouveau paroissien avec l'aisance d'un pasteur habitué à entendre ses ouailles. La conversation s'engagea ; on parla de l'église qui avait besoin d'ornements, du pays qui était fertile, de ses habitants dont la dévotion n'était pas des plus ferventes.

— J'ai pour ma part, dit Arthur en souriant, un voisin qui ne doit pas abuser des offices, car je le crois invisible. C'est monsieur..... M. Duval, je crois. A peine sais-je son nom. Etes-vous plus avancé que moi ?

— J'en sais juste tout autant que vous. Je n'ai rencontré M. Duval nulle part ; ce que je puis vous dire, c'est qu'il est protestant.

Ce mot expliquait assez que le digne ecclésiastique ne pouvait rien apprendre de plus à notre héros. Celui-ci lui glissa dans la main un billet de deux cents francs, pour venir en aide à ses pauvres et faire réparer ses chasubles, et pour lui prouver, que contrairement à ses voisins, il était bon catholique.

Le lendemain, il alla chez le maire.

L'habitation de ce magistrat campagnard était une ferme qu'il exploitait pour son propre compte. L'artiste entra donc dans une grande cour sale, bourbeuse, raboteuse, entourée de constructions si enfumées, si irrégulières, qu'il ne pouvait distinguer celles du maître de celles des bestiaux.

Il aperçut enfin au seuil d'une porte, devant laquelle s'étendait, sans transition, une mare de fumier, une paysanne d'une quarantaine d'années, vêtue de chiffons d'étoffes, chaussée d'énormes sabots, coiffée d'un bonnet de coton. Elle portait un chaudron rempli d'un grossier mélange de son et de pommes de terre.

Elle le vit venir sans se déranger. Il lui fallut franchir la fétide litière qui le séparait d'elle.

Tout en songeant, à part lui, qu'il y aurait sans doute un système d'économie domestique qui pourrait purifier les campagnes et empêcher leurs habitants d'empoisonner par des exhalaisons affreuses le bon air que la Providence leur accorde, il était arrivé jusqu'a la ménagère.

— Monsieur le maire ? demanda-t-il.

— C'est moi ! répondit-elle en déposant le déjeuner de ses élèves, qui accouraient déjà de tous les points cardinaux de la cour, sous la forme d'oies, de canards, de dindons et de jeunes porcs.

Arthur se découvrit en souriant, et s'efforçant de dominer le concert de gloussements, de cris, de grognements de la basse-cour affamée :

— C'est vous, madame ? répéta-t-il.

— C'est-à-dire, c'est mon mari, fit la commère, se campant sur les hanches. Mais qui dit le mari, dit la femme, et qui dit la femme.....

— Dit le mari.

— Justement. C'est un proverbe du pays. Monsieur n'est pas du pays ?

Elle lança deux ou trois bons coups de sabots à un gros coq qui, plus hardi et plus goulu que ses camarades, venait de plonger son bec dans le chaudron.

— Ne pourrais-je parler à monsieur votre mari ?

— Voulez-vous me dire votre nom ?

— Je m'appelle Arthur Durand.....

— Ah ! c'est vous qui êtes le neveu à feu ce bon M. Durand ! Ah ! certainement, vous pouvez entrer, mon bon ami. Est-ce que vous venez pour la garde nationale, pour les impôts, pour les chemins vicinaux ? Ah ! s'il ne tenait qu'à nous, qu'à mon mari, çà marcherait mieux ; mais enfin nous y ferons ce que nous pourrons. Comment ! vous êtes le neveu de ce pauvre M. Durand ? J'aurais dû m'en douter ; comme vous lui ressemblez ! c'est tout son portrait.

Quand elle eut tout dit, car elle débita bien une autre litanie que ce léger échantillon, elle se rangea enfin pour lui faire place, et appela son mari ; le véritable maire, aux yeux de la loi du moins, quoi qu'en eût dit le proverbe.

C'était un homme de cinquante ans. Sa figure ne manquait pas d'une expression carastéristique de bon sens, ni même, en dépit de son origine normande, de franchise. Charmé de faire la connaissance du neveu d'un homme qu'il avait beaucoup estimé, il commença par lui offrir une collation et de l'eau-de-vie. Arthur accepta, en l'invitant à déjeûner le lendemain.

Ce que le brave magistrat put lui dire sur M. Duval, c'est qu'il payait exactement ses contributions, qu'il avait refusé d'être de la milice civique, ainsi que du conseil municipal, et qu'il possédait une vaste étendue de terres, contiguës à celles de l'artiste.

L'épouse du fonctionnaire, malgré sa bonne volonté et à son grand regret, la chère femme! on peut le croire, ne put ajouter un mot de plus.

Arthur ne gagna donc à cette démarche que de passer, aux yeux de ces magistrats des deux sexes, charmés de ses belles et affables manières, pour un jeune homme du plus grand mérite.

Cette incertitude excitait son impatience. Le mystère, évidemment affecté, dont on entourait sa voisine, aiguillonnait son désir. Cependant, pour se distraire, deux jours après son déjeûner avec le maire, il fit préparer ses armes. car l'ouverture de la chasse avait lieu le lendemain ; ce qui ne l'empêcha pas, dès que le jour baissa, de se rendre à son observatoire.

Ce soir-là l'inconnue ne parut pas seule, ni appuyée sur le bras d'un vieillard ; un élégant cavalier se promenait avec elle. Ils s'avancèrent en causant ; Arthur se retira un peu en arrière, et surprit quelques paroles très affectueuses adressées par le jeune homme à sa compagne.

— C'est son mari ou son amant, pensa-t-il avec un dépit involontaire. Là-dessus, il ferma brusquement la croisée. Heureusement, les deux promeneurs avaient tourné un massif, ils ne pouvaient remarquer ce bruit.

Au point du jour, accompagné de son garde, il partit le carnier sur l'épaule.

Ils avaient déjà tiré quelques perdrix, quand son guide s'écria :

— Monsieur, voici quelqu'un sur vos propriétés !

Ils marchèrent vers le chasseur qui, les voyant venir, s'avança de leur côté. Arthur reconnut le jeune homme de la veille.

— Monsieur, cria le garde, je vous déclare procès-verbal.

Mais celui-ci, cloué au sol par un mouvement subit, fixait depuis un instant un regard étrange sur Arthur. En le voyant approcher, ses mains contractées se roidirent sur son fusil, dont le canon se dirigea vers lui.

— Prenez garde, monsieur, dit tranquillement celui-ci; — votre fusil est armé.

A la pâleur qui s'était tout à coup répandue sur les traits de l'inconnu, succéda une vive animation; il abaissa prudemment son arme, et passant la main sur son front trempé de sueur :

— C'est incroyable! incroyable! murmura-t-il.

Le garde allait renouveler son apostrophe menaçante. Arthur lui imposa silence du geste.

— Je vous ferai observer, monsieur, dit-il de son accent calme et doux, — que vous êtes sur mes terres.

Le son de cette voix semblait rasséréner le front contracté du chasseur.

— Mon Dieu, monsieur, répondit-il poliment, — je vous fais mes excuses ; je chasse ici pour la première fois.

— Monsieur n'est pas du pays ? interrompit le garde avec importance ; — c'est que nous sommes très sévères !

— Quelquefois, ajouta l'artiste en songeant qu'il n'aurait jamais une meilleure occasion de connaître ses voisins. — Pour aujourd'hui, monsieur, vous pouvez aller partout où bon vous semblera. Je suis désolé même de la peur qu'a paru vous faire la sommation du père Marc.

— Je ne voulais pas... certainement... Mais quand on fait son devoir... balbutia le bonhomme.

— Ne vous excusez pas, mon brave, dit l'inconnu. J'étais dans mon tort, et d'ailleurs, monsieur s'est trompé ; ce n'est pas votre sommation qui m'a surpris, c'est une ressemblance... Mais votre voix, monsieur, a dissipé une erreur que je n'eusse pas commise, si je vous eusse regardé un instant avec attention. Ne parlons plus de cela, je vous en prie.

Le jeune homme, crut devoir ensuite,

en échange de l'obligeance d'Arthur, lui déclarer ses titres. Il lui apprit qu'il était fils de son voisin, chez lequel il était venu passer le temps de la chasse. Cette connaissance, si singulièrement commencée, finit par une poignée de main, que suivit la promesse de se revoir,

Au bout de quelques jours, c'était déjà une vieille amitié, Ernest avait présenté son ami à son père.

M. Duval, dont l'artiste n'avait pu jusque-là examiner les traits, était un beau et digne vieillard; son front indiquait une grande élévation d'âme, mais il portait aussi une teinte de mélancolie profonde, comme si un chagrin cruel, irrémédiable, l'eût constamment dévoré.

En sa présence, on devenait involontairement grave, car cette noble expression de douleur commandait le respect et la réserve.

Il reçut son jeune voisin avec une grâce parfaite, se plaignit de ne pas l'avoir connu plus tôt, insista pour qu'il le visitât quelquefois, ajoutant que son fils seul lui rendrait ses visites, car il lui était impossible à lui de sortir jamais de sa retraite. Il lui fixa en même temps, sans affectation, mais d'une manière précise, les heures où il pourrait de préférence venir chez lui.

Un jour, Ernest manqua à un rendez-vous pris avec son ami. Il s'en excusa :

— Ma sœur, dit-il, — a été gravement indisposée. Je n'ai pu la quitter...

— Ah ! c'est votre sœur !... c'est votre sœur, veux-je dire, qui vous a retenu

— Oui. Vous ignoriez ?...

— Comment l'aurai-je appris ? dit hypocritement Arthur, qui depuis longtemps en était certain. — Je ne l'ai jamais rencontrée, et vous m'en parlez aujourd'hui pour la première fois !

— C'est vrai. C'est qu'elle est habituellement souffrante... elle ne veut voir personne... que mon père et moi... ajouta-t-il péniblement.

Arthur comprit, à son grand regret, que continuer plus longtemps sur ce chapitre deviendrait une indiscrétion. Mais un vaste champ s'ouvrit à ses conjectures.

Quelle pouvait être l'infirmité de cette jeune fille ? Pourquoi cherchait-elle la retraite ? Son mal était donc bien grave, que l'on s'en attristait ainsi ? Peut-être était elle affligée de quelque disgrâce de la nature...

Il rêvait tout cela ; puis il se rappelait sa démarche lente, mais gracieuse, sa taille souple, élancée, ses pieds si mignons, mille détails qu'un œil d'amant peut seul apercevoir.

Tout entier à cette passion bizarre, il ne songeait à rien autre chose, et laissait sans réponse les nombreuses lettres de ses amis.

A peu de temps de ce dernier entretien, il se trouvait chez M. Duval. Le froissement d'une robe se fit entendre dans la galerie, la porte du salon s'ouvrit.... c'était la fille de la maison.

Le vieillard se leva vivement ; le visage d'Ernest devint pourpre. La jeune fille avait déjà un pied dans le salon ; en apercevant Arthur, elle poussa un cri déchirant, chancela et fût tombée, sans l'appui de son père.

Un coup d'œil avait révélé à l'artiste tout ce qu'un visage de femme a de plus divin, malgré une pâleur excessive et un regard souffrant.

— Venez ! lui dit Ernest ; et le saisissant par le bras, il l'entraîna hors du salon.

IV

Où l'amour l'emporte sur la philosophie.

Arthur se laissa conduire.

Ils parcoururent silencieusement plusieurs allées du parc. Ernest était en proie à une vive émotion. Il voulait parler et ne savait comment entamer l'entretien.

Enfin, il fit signe à son ami de s'asseoir sur un banc, où il prit place à côté de lui.

— Vous venez de voir ma sœur, mon ami. J'avais dû vous taire, jusqu'ici, le malheur qui pèse sur elle et sur nous, mais le hazard, la fatalité vous ont fait assister à une scène pénible, vous avez entrevu le secret funeste qui tient mon père éloigné du monde, près de cette triste enfant. Plaignez-la, cher Arthur ; plaignez-nous tous, car cette infortune n'était pas méritée. Si elle a perdu la raison, du moins est-elle restée pure comme une sainte.

— Folle ! mon Dieu ! s'écria l'artiste. Elle est folle !

Ernest lui serra la main ; il n'avait pas la force de répondre.

Cette révélation soudaine venait jeter son ami dans une désolation aussi profonde que la sienne.

— Mais comment ce malheur est-il survenu ? se hasarda-t-il à demander.

Son compagnon fit un effort sur lui-même :

— Autant vaut-il tout vous dire aujourd'hui. La maladie de ma sœur remonte à une huitaine de mois. Elle devait épouser un jeune homme qui l'a indignement abandonnée, au moment où tout était décidé, à la veille de signer le contrat.

L'artiste était tout oreille, il suspendait sa respiration pour suivre chaque mot de cette confidence.

— Elle aimait avec l'ardeur d'une première affection le misérable qui la délaissait pour une fille perdue ; une lettre anonyme, tombée entre ses mains, lui apprit tout. Son organisation frêle et nerveuse se brisa ; pendant tout un jour nous la crûmes morte ; quand elle retrouva le mouvement, elle avait laissé sa raison dans les angoisses de cette horrible crise...

— N'achevez pas ! s'écria Arthur. Je sais le reste. Vous avez puni le coupable.

— Je l'ai tué ; mais, hélas ! sa mort n'a pas sauvé sa victime.

— Je le connaissais. Il est mort, du moins, en maudissant sa faute.

Il y eut un moment de silence.

— Mon Dieu, reprit Ernest avec hésitation, pardonnez-moi cette question, après une si étrange rencontre ; mais le souvenir de ce duel, quoiqu'il ne m'ait laissé aucun remords, me cause de fâcheuses hallucinations, je le crains.

« Dites-moi, puisque vous avez connu cet homme, ses traits n'avaient-ils aucun rapport avec les vôtres ? Quand je vous ai aperçu pour la première fois, j'ai été saisi d'un vertige, il me semblait qu'il était sorti de sa tombe. C'est seulement en vous examinant mieux, et de plus près, que j'ai reconnu mon erreur ; et, faut-il vous l'avouer, si je fus alors plus prévenant qu'on ne l'est d'ordinaire pour un inconnu, c'est que je m'en voulais de vous avoir confondu avec ce malheureux.

Arthur dut lui expliquer, à son grand

soulagement, que sa ressemblance avec Armand existait en effet. Elle avait été la cause de leur connaissance; des amis communs, surpris de ce jeu de la nature, les avaient présentés l'un à l'autre, et dès lors elle était devenue d'autant plus grande qu'ils affectaient tous deux la même coupe d'habits, la même taille de barbe, fantaisie qui les égayait souvent par les quiproquos qui en résultaient.

Telle était, en effet, l'explication d'une liaison rompue si fatalement.

Mais, le lendemain, Arthur, qui voulait désormais effacer toute trace d'une fantaisie propre seulement à évoquer de déplorables souvenirs, ayant coupé une partie de sa barbe, imprimé une autre direction à ses cheveux, ne rappelait plus que de très loin un hazard qu'il tenait à faire oublier, et qui avait failli causer sur la sœur de son ami une nouvelle et funeste crise.

La pauvre fille fut huit jours sans passer sous sa fenêtre. Il comprimait en lui un chagrin véritable, qu'il se gardait surtout de laisser entrevoir.

Un matin enfin, une robe blanche se dessina au bout de l'allée. Soit machinalement, soit par intention, il fit un léger bruit, qui attira l'attention de la promeneuse.

Il trembla d'abord, il fut tenté de se retirer du balcon, mais il n'en eût pas la force.

La jeune fille leva les yeux.

Soit pressentiment, intuition de son cœur, ou clairvoyance au milieu de ses idées confuses ; soit plutôt une des conséquences de sa pensée fixe, elle sembla le reconnaître, malgré sa métamorphose.

— Ah ! c'est encore lui ! dit-elle doucement, après l'avoir observé un instant. Pourquoi donc es-tu parti l'autre jour ? C'est moi que tu venais voir, n'est-ce pas ? Cependant, je ne suis plus belle ! Mes joues et mon front sont flétris, mes cheveux sont abandonnés, mes lèvres pâlies, car j'ai eu bien du chagrin !

« Je ne suis plus belle, n'est-ce pas ? Oh ! cela fait souffrir, car je t'aime ! je t'aime ! Tu parais si bon !

« Bonsoir ! dit-elle, avec la voix caressante d'un enfant.

Elle disparut en courant ; mais bientôt elle revint sur ses pas :

— Ne leur dis pas que tu m'as vue ; que je t'ai parlé ! Ils me gronderaient ! Ils m'ont bien tourmentée, parce que j'étais allée au salon !...

Elle fit une pause, regarda de tous côtés, écouta quelques minutes, puis mettant un doigt sur sa bouche et lui souriant :

— Silence ! Je t'aime !...

Elle disparut dans les charmilles.

Arthur demeura longtemps immobile, à la même place. La nuit suivante, il ne ferma pas l'œil.

Le lendemain, la malade revint encore.

Elle portait un bouquet et s'arrêta devant le balcon. De son côté, l'artiste n'avait pu résister au désir d'y paraître. Il ne pensait plus qu'aux traits séraphiques, aux regards ardents, et étranges de sa voisine.

— Te voilà ! c'est bien... dit-elle, je voulais te donner ces fleurs, je les ai cueillies pour toi !

Il courut chercher une petite corbeille, qu'il descendit par un cordon. Elle frappa de joie dans ses mains et déposa doucement le bouquet dans le panier.

— Maintenant, dit-elle, il faut que tu me donnes quelque chose, toi !

Il regarda autour de lui. Ne trouvant rien à sa portée, il prit une des pensées qu'il tenait encore à la main, la baisa et la lui jeta.

Elle la reçut avec joie, la porta aussi à ses lèvres et la serra dans son sein.

— Je m'appelle Emilie, dit-elle. Et toi, comment te nommes-tu ?

— Arthur !

C'était le premier mot qu'il lui adressait, tant il était sous le coup d'un sentiment dominateur.

Elle réfléchit, comme si ce nom ne fût pas celui qu'elle attendait. Ses mains inquiètes se pressèrent sur ses tempes pour en faire jaillir l'éclair qui refusait de se montrer. « Arthur ! Arthur ! » répétait-elle avec un accent plaintif ; on eût dit qu'elle cherchait un autre mot qu'elle ne pouvait retrouver. Ce moment d'angoisse se dissipa. Elle releva la tête et lui sourit :

— Bonsoir, Arthur ! je vais écrire ton nom à côté du mien, sur mon album.

Ainsi que la veille, elle regarda, écouta aux alentours, posa un doigt sur sa bouche, et murmura :

— Silence !

Il comprit qu'il était coupable envers son ami, envers l'humanité, en se prêtant aux fantaisies de la pauvre malade. Il sortit de son cabinet, se maudissant lui-même.

Le jour suivant, il ne se présenta pas à la croisée, et résolut, au contraire, de faire une visite à ses voisins.

Il avait coutume, pour se rendre à l'habitation, de traverser une allée écartée, bordée de hautes charmilles. Vers l'endroit le plus isolé, il aperçut, sur un banc, la robe blanche d'Emilie. Il voulut franchement retourner sur ses pas ; mais au bruit qu'il fit sur le sable, elle leva les yeux :

— Ah ! te voici ! Elle s'élança d'un bond jusqu'à lui, lui baisant la main. Tu me cherchais ? J'étais bien sûre que tu ne m'avais pas oubliée !

Elle le fit asseoir, quoiqu'il s'en défendît, sur le banc, tout près d'elle.

Jusque-là il l'avait aimée d'une passion sans nom, qu'il n'osait ni s'avouer ni approfondir. Jamais il ne lui était venu à l'esprit d'arrêter sa pensée sur elle, comme il aurait fait sur une autre. C'était plus qu'une affection platonique : ce n'était guère que le culte d'une idée, d'une vapeur, d'un souffle indécis.

En sentant le contact de sa main sur la sienne, une commotion magnétique le parcourut tout entier. Ce fut quelque chose comme la sensation que nous éprouverions en apercevant près de nous, au sortir d'un songe, l'ange que nous rêvions.

La tête de la jeune fille était nue ; son écharpe flottait détachée ; son sein battait vivement. Le peintre sentait sa pure haleine effleurer son visage. Il restait fasciné sous le regard exalté dont elle l'enveloppait.

— Eh bien ! soupira-t-elle, tu ne me dis rien ?

— Mais si ! répondit-il involontairement.

— A la bonne heure !... Tu m'aimes, n'est-ce pas, Arthur ? Arthur ! c'est un doux nom ! Et mon nom, te plaît-il ?

— Oui ! oui !

Il détournait ses regards, car à la lueur vague et amoureuse du crépuscule, il redoutait la présence des trésors de grâce et de beauté qu'elle lui laissait entrevoir. Elle pressait sa main dans sa main droite, et tenait l'autre posée sur son épaule.

— Hélas ! dit-elle en y laissant tomber aussi sa tête allanguie qui vint toucher son visage, — je sais pourquoi tu ne me regardes pas !... Tu ne me trouves plus jolie !

Je l'étais pourtant autrefois. Ne t'en souviens-tu pas?... Pardonne-moi! Regarde-moi. Si tu voulais m'aimer, j'en suis sûre, je reviendrais belle!

Vaincu par ces douces et tristes instances, il obéit.

Le pâle visage de sa compagne s'était animé; il y avait du carmin sur ses lèvres; son sourire mélancolique laissait apercevoir des dents charmantes.

Elle était si près de lui, qu'il sentait les tressaillements de son jeune sein à travers la mousseline de sa robe. Il n'était plus maître de ses idées ni de ses sens.

Il oubliait tout; il n'avait plus à ses côtés que la plus adorable enfant de dix-huit ans qu'il eût jamais rencontrée. Il s'enivrait de ses paroles, de ses regards, de son sourire.

— Tu m'aimes ! lui murmurait une voix délicieuse, et la jeune fille avançait son front jusqu'à ses lèvres.

A son tour, il perdit la raison, la conscience de lui-même. Ce fut une heure d'ivresse, de démence. Une heure bien vite écoulée, et qui allait avoir son terrible retour.

Sa compagne, se recula épouvantée, et s'écria avec effroi :

— Monsieur ! monsieur ! que dois-je croire de vous !

Il vit le miracle qui s'était opéré. Il

se mit à genoux devant elle. Elle voulut se cacher le visage, mais il lui retint les mains, et du ton le plus solennel et le plus persuasif :

— Emilie ! lui dit-il, vous êtes ma femme devant Dieu ! je jure que vous la serez devant le monde.

Elle s'affaissa sur elle-même, agenouillée à son tour, courbant son front glacé.

Il ne voulut pas troubler la réaction merveilleuse qui s'accomplissait en cette impressionnable organisation. Il la contempla en silence, avec ravissement ; puis, marchant sur la pointe des pieds, de peur d'éveiller son attention encore flottante, il se rendit au château.

Il aborda respectueusement le vieillard, qu'il avait à peine entrevu depuis l'incident du salon, et se tenant debout, incliné, malgré son invitation de s'asseoir :

— Monsieur, lui dit-il, je viens vous demander la plus grande faveur qu'un homme ait jamais obtenue d'un autre.

— Parlez, de grâce, monsieur.

— Mademoiselle votre fille ?...

— Pourquoi me parler d'elle ?... interrompit M. Duval d'un accent attristé.

— Daignez m'entendre. Ernest m'a tout appris.

— Taisez-vous, monsieur, par pitié !

— Il faut que vous m'écoutiez !... J'aime votre fille !

— Pauvre jeune homme! C'est moi qui aurai maintenant pitié de vous, car vous aussi vous avez perdu la raison!

— Je vous conjure de me la donner pour femme, car elle partage mon amour.

M. Duval demeura quelques instants abîmé dans une méditation profonde. Les docteurs les plus habiles lui avaient fait entrevoir que l'amour avait perdu sa fille, mais que l'amour pourrait la sauver.

Il eut une velléité d'hésitation bien excusable, mais qui ne résista pas longtemps à son inaltérable loyauté :

— Je ne saurais, répondit-il, pénétrer le motif qui vous dirige; mais, quel qu'il soit, je ne vous donnerai jamais mon consentement. Vous me saurez gré, un jour, d'avoir combattu l'exaltation qui vous domine et que vous regretteriez amèrement.

— Ayez donc, reprit alors Arthur, le courage de déclarer vous-même à cette pauvre enfant que vous me refusez !

Emilie, en effet, venait d'entrer sur les derniers mots de son père. Sa démarche était grave, modeste. Un châle couvrait ses épaules ; ses traits étaient cachés par un large chapeau de paille.

Arthur fit deux pas au-devant d'elle, la prit par la main, et tous deux se mirent à genoux devant M. Duval.

— Mon père, dit-elle d'une voix tremblante d'émotion, bénissez-moi et pardonnez-lui.

— Me refuserez-vous encore? demanda l'artiste.

Le vieillard leva les yeux au ciel; il contempla sa fille; puis, se tournant vers lui:

— Si telle est la volonté de Dieu, qu'il soit béni! prononça-t-il avec émotion.

En ce moment, Ernest paraissait à la porte.

— Ami, nous sommes frères! s'écria Arthur en l'embrassant.

— Que dites-vous?... que signifie?

— Cela signifie, interrompit Emilie, que voici le plus généreux, et le plus noble des hommes. Ernest, il t'a rendu une sœur; accepte-le pour frère.

Le peintre le tira à part et lui dit en souriant :

— Vous voyez, ami ; cette ressemblance pour laquelle vous avez failli me tuer, aura amené notre bonheur à tous.

Si le lecteur veut absolument des nouvelles d'Angèle, nous lui apprendrons qu'elle n'a jamais tout à fait oublié Armand, et que, pour se venger de sa perte sur quelqu'un et pour étouffer ses regrets, elle a déjà ruiné trois Anglais, deux Allemands, un nombre indéfini de lions du boulevard, et qu'enfin, elle vient d'entamer un Russe; on ne pense pas qu'il résiste longtemps.

FIN.

CHALONS-SUR-MARNE. — IMP. H. LAURENT.

www.ingramcontent.com/pod-product-compliance
Ingram Content Group UK Ltd.
Pitfield, Milton Keynes, MK11 3LW, UK
UKHW012051240726
13965UKWH00003B/1207

9 782013 283366